KB052801

꺼지지 않는 등불

꺼지지 않는 등불

초판 1쇄 인쇄 : 2024년 6월 27일
초판 1쇄 발행 : 2024년 7월 2일

지은이 : 서원수
교정 / 편집 : 이수영 / 김현미
표지 디자인 : 김현미
펴낸이 : 서지만
펴낸곳 : 하이비전

신고번호 : 제 305-2013-000028호
신고일 : 2013년 9월 4일

주소 : 서울시 동대문구 하정로 47(신설동) 정아빌딩 203호
전화 : 02) 929-9313
홈페이지 : hvs21.com
E-mail : hivi9313@naver.com

ISBN 979-11-89169-81-7 (03810)

* 값 : 9,000원

서원수 제3 시집

꺼지지 않는 등불

하이비전

조금은 덜 부끄러워졌는가?

무슨 의미가 있는가?

나눌만한가?

차 례

제3장 비움

제4장 늙는다는 것은

제1장

사랑이 커지면

향기로운 미소

경춘선 폐선로를 걸으며
'닮음'이 낳는 낭만의 조화에 미소 짓는다.

5월의 따스한 햇살이 목덜미를 간지르고
관목에서 뿜어져 나오는 라일락 향기가 온몸을 적신다.

향기 때문인가?!

오가는 사람들의 얼굴엔 싱그러움이 묻어나고
휠체어를 미는 아내의 얼굴에 번지는 미소마저
향기롭다.

사랑이 커지면

우리는 사랑을 키우기 위해
이 별에 왔다

사랑이 커지면
내 가슴은 넓어지고

사랑이 커지면
너와 나의 거리는 가까워지고

사랑이 커지면
우리들의 고통은 작아지고

이웃에서 더, 마을에서 더

커지면 더 행복해지는 사랑

사랑을 줄 수 있는 사람이 있어
행복하다

그 사람이 나를 사랑하지 않아도
괜찮다

다만 내가 살아온 내력과 나의
가치관에 대해 고개를 끄덕여
주는 것으로 족하다

사랑은 주는 것이라고 하지만,
주기만 하고 아무것도 바라지 않을 때
주는 기쁨이 더욱 커진다는 것을…

오! 큰 사랑의 님들이시여!
저의 사랑 어떠한가요?
조금은 커졌나요?

눈물샘

순수라는 마을
근처에 있다

사랑의 표현

노부부가 손을 잡고
공원을 돌고 있다

남편이 이끌어주는 것으로 보아
아내의 몸이 불편한 것이 분명하다

아프기 전에 건강한 몸으로
손을 잡고 걸었으면 더 좋았을 텐데

이런저런 생각에 나를 돌아본다
아내의 손을 잡아본 것이 언제였던가?

후회로 가슴 치게 되는 것이 인생인가 보다

제2장

꺼지지 않는 등불

꺼지지 않는 등불

行住坐臥
語默動靜
一   如

마음의 등

우리 안에는
마음의 등이 있다

쉽게 켜지지는 않지만
한 번 켜지면
세상에서 가장 밝은 등

알아차림의 등

쉬운 깨달음

금강경 독경 소리를 듣고,
손가락을 들어 보이니까,
촛불을 불어 끄니까,
할을 하니까,
돌이 대나무 밑둥에 부딪히는
소리를 듣고,

세수하다 코만지기보다 쉬운
깨달음

뭐야! 그렇게 쉽단 말이야!

그게 아닐세.
임계점에 와 있었던 것.
준비된 사람들.

방씨※네 살림살이 보소

아버지가 '언제 갈란다' 하니까
그 말을 듣고 딸이 선수를 쳐
먼저 가버렸다나!

허, 허

※ 방씨(龐居士) : 중국 당나라 때 사람, 성은 방씨, 이름은 온, 가족
모두가 깨달았다고 전해진다.

중도

기타줄이
너무 느   슨하지도
너무 팽팽하지도 않게

자작자수 계산법

불교 가르침 중에 자작자수가 있다
지은 대로 거둔다는 것

그러나 주위를 둘러보면
이 계산법이 맞지 않는 것 같은
경우를 많이 본다
악인이 잘 되고, 선인이 잘 못 되는

이 같은 모순 지경에 이르러
우리는 전생을 생각하지
않을 수 없게 된다

어쩌다 한 번씩

님을 사모한다
입으로는 말하고 있으나

가끔도 아니고
어쩌다 한 번씩

그것도 기쁠 때는 잊고 지내다가
괴로울 때나 찾았으니
이러고도 님을 사모한다 할 수 있을까?

믿음은 목숨이어야 하거늘!

코로나와 신심

원래 부족한 신심에 코로나까지 겹쳐
믿음이 더욱 얕아진 듯하다

허나 믿음은 마음속에 있는 것
환경의 변화에 따라 얕아질 것도
깊어질 것도 없을 법하다

다만 놓친 배추 한 잎을
찾기 위해 허겁지겁 개울을
헤매실 것 같은 님들의 안부가
궁금할 따름이다

제3장

비움

비움

더러 있는 일이지만
거시기가 팽팽해져도
이성에 대한 갈망으로
바로 연결되지도 않고

친구들과 공유하는 야한 영상도
큰 미련 없이 지울 수 있으니

이런 현상들이 늙음이 가져오는
자연스런 결과인가?
아니면 조금은 비워졌다고 할 수 있을까?

선지식님네들! 대답 좀 해주세요

바라볼 뿐

꽃이 만발하고 있다

제때에 피고 지는 자연의 섭리에
고개가 끄덕여질 뿐

때가 되니 피는 거겠지
그저 바라본다

떨어질 때의 허망함을 적게 하기 위해
필 때의 환희도 절제하자

그저 바라볼 뿐

무화과나무

꽃 없이도
열매 맺을 수 있다니!

비움을 얻은 선지식인가?
겉멋을 벗어버린 은자인가?

나무들 옷을 벗다

프라타너스가 너무도 늠름하게 보여
가까이 가보니 껍질을 벗었기 때문이었다

나무가 벗는 옷은
잎일까? 껍질일까?

뱀이 허물을 벗듯, 진정한 벗음은
껍질이 아닐까?

벗은 자태가 늠름한 것은
그 벗음이 놓음이기 때문이리라

자유의 바다

물은
내려가고 또 내려가야
바다에 다다를 수 있고

정신은
오르고 또 올라가야
자유의 바다에 도달할 수 있다

오르고 내려감이 오롯할 때
오르고 내려감이 다르지 않다는

자족

허름한 옷이지만
더러워지면 갈아입고

맛의 욕망도 조금은 놓았으니
김치찌개, 된장찌개면 흡족하다

골프채는 만져보지 않았지만
바둑에도 즐거움이 있다

여기에 성적 욕구를 해소하지
못하는 데서 오는 불만도 적어졌으니
이만하면 족하다고 할까?

꿈속의 사랑

예전에는 꿈속에서나마
다양한 여인들과 사랑을
나누었는데

요즈음에는 꿈속에서의 사랑조차
아내밖에 안 나온다

내심 아쉬운 것이 사실이지만
이 또한 무슨 조화인가?
의아해하기도 한다

아픔을 받아들일 때

한때는 세상에서 가장 아픈 사람이
나일 것이라 생각했다

주변을 둘러보니 나보다 더
아픈 사람들도 많았다

성실하게 살면 아픔이 오지 않을
것이라 생각하기도 했으나 그렇지도
않았다

이래저래 찾아오는, 피치 못할
아픔이라면 받아들이자
거부할 때 커 보이던 아픔도 받아들이면
작게 느껴지는 것이 분명하다

아픔을 품고, 진주를 만들 수는 없을까?

제4장

늙는다는 것은

늙는다는 것은

눈은 침침, 귀는 어둑, 이는 흔들흔들
어깨는 구부정, 다리는 후들후들
세월의 무게가 그 얼마이던가?

허나 음지가 있으면 양지도 있는 법
뾰족하던 것이 둥글게 되고
줄어든 욕심만큼 평온도 찾아오고
죽음조차도 조금은 덜 무서워졌으니

좋은 것은 좋은 대로 나쁜 것은 나쁜 대로
그 누가 감히 거부할 수 있으리오

100세 시대

철없던 시절에는
부처님같이 위대하신 분이 어떻게
80세까지밖에 못사셨을까 의아해하곤 했다

살아보니 80세도 만만한 세월이 아닌 듯하다

15년을 사는 사자가 기죽지 않고
150년을 사는 거북이가 우쭐대지 않듯
주어진 대로 살면 그뿐

5년, 10년 더 살고 덜 사는 것에
어떤 의미를 부여할 수 있을까?

허공

공원 벤치에 홀로 앉아
말없이 허공을 바라보고 있는 노인

그의 눈은 공허하기만 하다
그 공허, 비어있기에 오히려
더 많은 것을 담고 있을 것이라는 역설

그도 철학자 못지않게
많은 것을 생각하고 느끼고 있을 터

다만 표현을 못할 뿐,
표현을 못하겠으니
허공만 바라볼 뿐

장수가 주는 것

범인들의 첫째 가는 소망이
장수임에 틀림 없을 것 같다

이 같은 동물적인 소망은 차지하고
장수가 주는 잇점은 젊은 날의 과오를
돌아볼 수 있다는 점일 것이다

요절한 천재는 이 같은 기회를
누려보지 못하고 간 사람들이다

넘어진 자리

택시가 튀기는 물을 뒤집어쓰지
않으려고 뒷걸음으로 순간 이동하다가
발 뒤축이 한 자 남짓한 턱에
걸려 뒤로 나동그라졌다

머리가 돌담에 부딪쳐 마른 바가지 깨지는
소리가 났다
평생 동안 이렇게 크게 넘어진 것은
처음이었다

나이를 생각하지 않고
젊은 사람처럼 행동한 것이
화근이었다

돌아보니 그 턱은 평소에 잊고 살았던
교만의 턱, 과신의 턱이었다.
오며 가며 그 자리를 돌아본다

대화의 목마름

대화에 목이 마르다

정치 얘기 아닌,
연예 얘기 아닌,
아들, 손주 자랑 아닌,

너와 나의 영혼이
마주 앉는 자리.

앉아서 볼일 보는 남자

몇 년 전부터 아내의 강요에
못 이겨 소변도 앉아서 본다

이런 사태는 내가 화장실 청소를
게을리하여 초래한 불상사다.

아마도 서서 볼일 보는 것이
남존여비 사상의 조그마한
근원이었을 법도 한데

앉아서 볼일을 보니 덜 시원한 것
같기도 하고, 어쩐지 기가 죽는 것
같기도 하다

여성 상위 시대가 몰고 온 역진화의
풍경이여!

구멍

늙으니 이빨 사이에
구멍이 숭숭

젊어서는 구멍이
아늑한 도피처이기도 했는데

늙으니 구멍이
무서워졌다

아직도 조금은 몸서리쳐지는
내가 누워있을 구멍

천사들의 합창

우리 동네 복지관에는
천사들이 득실거린다
예쁜 천사들, 씩씩한 천사들

그들이 용케도 날개는 숨길 수 있었겠지만,
다정한 눈동자에 새겨진 표지(標識)까지는
지우지 못했네

봉사가 최고의 가치란 걸 깨달은 이들이기에
이리 뛰고 저리 뛰고 한 몸이 부족할 판

오늘도 낭낭한 천사들의 합창에 복지관이
들썩이니
노년의 시름들이 번지수를 찾지 못하네

제5장

답을 찾지 못한 사람들

답을 찾지 못한 사람들

스님이 연애하고,
목사는 성폭행하고,
신부는 정의를 왜곡하고,
선생은 역사를 왜곡하고,

하긴, 점점 더 답을 찾기
어려운 세상이 되어가는 것 같긴 해

그래도 그렇지!

편 편 편

송편, 절편, 교회편
니 편, 내 편, 사돈의 팔촌 편
미국놈 편, 중국놈 편, 북한놈 편

편 갈라 싸우고, 편 갈라 빼앗고

나라가 편해야 할 텐데
편을 갈라놓으니
편할 날이 없구나

위선 범람

예전에는 그래도 지성과 위선
사이에 상당한 거리가 있는 것
같았는데

요즈음은 지성인들에게서도
위선이 범람하고 있다

그 연유를 생각해보니 이데올로기
과잉이 초래한 부작용인 듯한데

지성인이 지성인답지 못한 나라에
미래가 있을까?

개판

흰둥이들과 검둥이들이 편을 갈라
축구를 했다

게임을 순조롭게 진행하다가
검둥이 편이 불리해지게 되자
어거지를 부리기 시작했다

심판의 권위가 땅에 떨어진 지가
오래 되어 시비를 가릴 수 없게 되자
흰둥이들도 개소리를 하기 시작했다

개소리만 요란하였다
완전 개판이 되었다

제6장

회상

어떤 대화(對話)

어느덧 70여 년의 세월이 흘렀습니다.
그간 평안하셨는지요?

죽고 사는 게 다 하늘의 뜻이니,
그리 나쁘지만은 않네

다 지나간 얘기입니다만 70여 년 전 그때,
동족 간에 서로 총부리를 겨누었을 때,
매우 안타까우셨을 것 같은데요.

막연하게나마 공산주의보다는
자유민주주의가 낫다고 생각은 했지만,
그저 두렵고 내가 살기 위해 마구
총질을 해댄 거지 뭐.

수많은 목숨을 앗아갔으면서도
피 흘린 보람이라도 있어야 할 텐데,
그렇지 못한 것 같아 가슴이 아픕니다.

왜 아니겠나.
자네 같은 사람들이 아직도
나라 걱정하고 있다는 현실이 안타깝네.

다 보고 계시겠지만
어머니도 잘 모시지 못하고
손주들도 어엿하게 키워놓지 못해
죄송합니다.

사는 게 그리 녹녹치는 않지.
그저 죄 덜 짓고 남을 도우면서 살 수 있으면
그게 잘 사는 게지.
마음공부나 잘하게. 게으름 피지 말고

네네, 허허.

차가운 질서 (회상1)

방안에는 어른과 나, 둘뿐
어른은 무심한 표정으로 손에 들고
있는 양철필통으로 내 엉덩이를 때린다

나는 뒤가 터진 바지를 입고
울면서 기어 달아난다

어른은 매끄러운 장판방을 무릎걸음으로
쫓아오면서 때린다

어린 마음에도 맞을 짓을 했는지?
억울하다는 생각을 했다

나의 최초의 기억이다
차가운 질서를 배워 나갔다

어머니의 속앓이 (회상2)

어머니는 주기적으로 속앓이를 하셨다
(지금 생각하면 위경련이었던 것 같다)

아야, 아야, 아이구 배야~
그야말로 네 방구석을 헤매셨다

어린 나는 뜨락에 앉아 무릎 위 팔베개에
고개를 묻고 어머니의 고통이
끝나기만을 기다리곤 했다

병원은커녕, 진통제 한 알 없는 처지
그 막막함의 무게가 내 가슴을 짓눌렀다.

검정 무명 바지저고리 (회상3)

초등학교 3학년 때였던가
어머니가 검정 무명 바지저고리를
새로 지어 주셨다

풀을 먹여 제법 가난이 번쩍이는
그 옷이 부끄럽게 여겨져 입지 않겠다고
떼를 썼다

어머니는 솔가지를 꺾어 와 내 종아리를 때리셨다
솔잎이 무성했던 그 솔가지는 아프기는커녕
어머니의 미안해하시는 마음을 담고 있었다

어머니의 그 따듯한 마음이 내 마음에
죄송한 마음을 불러일으켜
나는 그 옷을 입고 학교에 갔다

그러나 그 죄송한 마음이 부끄러움마저
지울 수는 없어 교사 뒤 놀이터에

혼자 있다가 수업에 들어가곤 했다

친구 문병 (회상4)

아랫마을에 사는 친구가
폭발물을 가지고 놀다가 크게 다쳤다

나름 그 친구와 친하다고 생각했던
나는 친구 집으로 문병을 갔다

친구는 얼굴이며 팔다리며 전신에
붕대를 하고 누워 있었다

친구를 보는 순간 웬일인지
내 입이 얼어붙어 한마디
위로의 말도 하지 못하고 문병을 끝냈다

그 침묵은 금인가? 동인가?

당산나무에 올라가다 (불가사의1)

초등학교 4학년 봄이었다
어머니를 따라 외가에 갔다

그 마을에는 같은 반이었던 예쁘고 공부도 잘하는
여자아이가 살고 있었다

우연히 골목에 나갔는데 그 아이가
물동이를 들고 동구 밖 우물로 물을 길러
가고 있었다

나는 몰래 뒤따라가다가 그 아이를
놀려주기 위해 가지가 길 위로
드리워진 우물 옆 당산나무에 올라갔다

그 가지 위에 간신히 오르긴 했는데
순간적으로 아차 떨어질 뻔하여
겁이나 내려왔다

외가로 돌아오니 온 가족이 마루에
둘러앉아 닭고기를 먹고 있었다

나도 마루에 올라가 먹기
시작했는데, 그 순간 누가 뒤에서
잡아채기라도 하듯이 마당으로
떨어져 쇄골이 부러졌다

지금 생각해도 어떻게 떨어졌는지
불가사의하다

사촌 형수님*의 혼 (불가사의2)

중학교 때쯤인가?
어머니와 숙모님이 한 해 운세를
보기 위해 읍내 점집에 다녀오셨다

대문을 들어서면서 어머니가 팔이
아프다고 하시며 까무러치듯이
마루에 쓰러지셨는데 팔이 몹시 떨리고
있었다

그 소식을 듣고 앞집 할머니가 오셔서
팔과 대화를 시도하였다

"그래 누구냐? ○○댁이냐?"
하시니 팔이 *끄떡끄떡*하자
"그래 알았다. 다 잘해줄 테니 그만해라"
하시니 팔의 떨림이 그쳤다

神의 세계는 함부로 말할 수
없는 듯했다

※ 사촌형수님은 첫아이를 낳다가 돌아가셨다

꿈의 풍선을 달고

흙벽이 군데군데
얼굴을 내미는 자취방

반찬이라곤 집에서 해온
두세 가지가 전부

된장찌개를 끓일 때면
멀건 국물에 두부 몇 점이
자유로이 유영을 하고

그래도 어떤 반찬보다도
꿈이라는 반찬이 있었기에
조금도 서글프지 않았다

이상이라는 풍선이 나를
가볍게 했으니까

가장 슬픈 주검

어릴 적에는 몸보신을 한다고
개를 잡아먹곤 했다

돼지나 닭과는 달리 개는
껍질을 벗겨 요리하는데

나뭇가지 등에 매달아 껍질을 벗겨
놓으면 개의 부릅뜬 눈이
나를 원망하는 듯하여 나를
슬프게 하였다

정신과 육체

초등학교 때쯤인가?
'건강한 육체에 건강한 정신'이라는
표어가 유행하였다

지금 생각해보면 그 말은 반은
맞고 반은 틀린 듯하다

영혼의 구원을 위해 육체를 학대하는
어떤 종교처럼 육체가 승하면
정신이 쇄락하는 이율배반이
분명 있기 때문이다

영과 육의 시소게임!
인간은 조물주의 실패작이던가?

나의 詩田※에는

꽃이 피지 않으니 벌나비도 오지 않고
새소리, 물소리, 바람소리도 들리지 않는다.

아! 이 삭막한 不毛性이여!
이런 나의 詩田에도
더러 씨앗이 찾아온다.

씨앗이 오는 때는 주로 새벽녘이다.
씨앗이 오는 것은 나의 의지와는 무관하다.

나는 다만 存在를 바라볼 뿐,
凝視가 곧 發芽를 촉진한다.

※ 詩田 : 시(詩)의 밭이란 뜻으로 작가가 만든 말

무궁화는 다시 핀다

화려하지 않다고 좋아하지 않나요?
향기가 진하지 않다고 싫어하나요?
그래도 무궁화는 나라의 꽃입니다

연약한 듯, 순백의 흰 꽃잎 속엔
불꽃 같은 단심도 품고 있는
나라의 꽃입니다

천 번의 외침을 당하고도
쓰러질 듯 다시 일어선 겨레를 닮았기에
무궁화는 겨레의 꽃입니다

올겨울은 유난히도 추워
아마도 뿌리까지 다 얼었겠지만
그래도 다시 필 것입니다

무궁 무궁 피지 않으면
무궁화가 아니지요

암요, 다시 피고 말고요

변두리 백화점

이름의 무게에 짓눌려서인가?
변두리 우리집 옆 백화점에는
백화는 진열하지 못하고
백화(白畵)만 자꾸 그린다

몇 달이 멀다 하고 점포가
들락날락, 경기가 나쁠수록
여백의 미가 강조되는 그림들

이 그림들의 작가의 이름은
경제다

L 兄 께

직장 선배로서
근엄을 행세할 만도 하였는데

가슴을 열고 인격 대 인격으로
대해주셨지요

해외에 근무하실 때 제가 편지에서
'호칭 문제' 어쩌고 하니까 兄께서는
계급장 떼고 맞먹자는 것으로 오해하셨는데
실은 형님으로 부르고 싶었던 것이었습니다

兄의 너그러우심이 어려운 직장생활을
버틸 수 있게 해준 큰 힘이었습니다

K 兄 께

(이제는 兄이라고 부르는 것도 실례)

면접을 보기 위해 회사로 가는 길
兄은 나보다 4~5m 앞장서 걸었지요

입사 후에는 같은 과에서 10여 년을
같이했으니 보통 인연이 아니었지요

옹졸했던 나에 비해, 두주불사에
너그러우신 성품으로 친구도 많았지요

은퇴하고는 주저 없이 석(釋)씨 가문으로
들어가셨으니 4~5m 앞섰던 걸음이
이제는 천 리를 더 앞선 듯하여이다